बड़ीबाई की जुगाड़

बड़डीबाई की जुगाड़

कहानी : पारुल बत्रा दुग्गल
चित्र : प्रदीप मरावी

वाणी प्रकाशन

वाणी प्रकाशन

4695, 21-ए, दरियागंज, नयी दिल्ली 110 002

फ़ोन : +91 11 23273167 फ़ैक्स : +91 11 23275710

शाखाएँ

अशोक राजपथ, पटना 800 004, बिहार

कॉफ़ी हाउस कैम्पस, महात्मा गांधी मार्ग, इलाहाबाद 211 001, उत्तर प्रदेश

महात्मा गांधी अन्तरराष्ट्रीय हिन्दी विश्वविद्यालय, वर्धा 442 001, महाराष्ट्र

सुल्तानिया रोड, मोतिया पार्क, भोपाल 462 001, मध्य प्रदेश

www.vaniprakashan.com
marketing@vaniprakashan.in
sales@vaniprakashan.in

BADDIBAI KI JUGAD
by Parul Batra Duggal

ISBN : 978-93-87648-09-8
Story

प्रथम संस्करण 2021

मूल्य : ₹ 95

सिटी प्रेस, दिल्ली-110 095 में मुद्रित

वाणी प्रकाशन का लोगो मक़बूल फ़िदा हुसेन की कूची से

भारत के ग्रामीण आदिवासी अंचल में रातापानी अभयारण्य के जंगलों में नीलगढ़ नाम का गाँव है। नीलगढ़ पहुँचने के लिए घोड़ापछाड़ गाँव से पाँच किलोमीटर घने जंगल में पैदल चलना पड़ता है। इस गाँव में घोड़ापछाड़ साँप बहुत मिला करते थे इसलिए गाँव का नाम ही घोड़ापछाड़ पड़ गया।

तीन दिशाओं में पहाड़ियों से घिरा हरियाली की चादर ओढ़े नीलगढ़, हरे समन्दर में टापू की तरह नज़र आता है। जंगल में नीलगाय, चीतल, जंगली सूअर, सियार, भालू और तेंदुए का डेरा है। कभी-कभार बाघ भी दिखाई दे जाता है। गर्मियों में तो तेंदुआ पानी की तलाश में गाँव के हैंडपम्प तक ही चला आता है। नीलगढ़ में कभी जंगली सूअर मक्के की फ़सल डकार जाते हैं तो कभी नीलगायें धान के खेत चट कर जाती हैं। जो भी हो गाँव वालों की जंगल से दोस्ती पक्की है।

यहाँ कोई लगभग पैंतीस गोंड आदिवासी परिवार रहते हैं। गाँव के घर गाँव में ही बनायी गयी मिट्‌टी की ईंटों और खपरैल की छतों से बने हैं। घरों की बाड़ पर लौकी, तुरई या कद्‌दू की बेलें लगी हैं। नीबू के फल गिरकर गलियों में कंचों की तरह बिखरे नज़र आते हैं। छोटे-से गाँव में एक-दो हैंडपम्प हैं। गाँव के सभी घरों में मुर्गियाँ, बकरियाँ, गायें और कुत्ते पले हुए हैं।

गाँव के दोनों तरफ़ खेत हैं और आख़िरी छोर पर फिर से घना जंगल शुरू हो जाता है। इसी जंगल में नौवीं शताब्दी के परमार कालीन भव्य मन्दिर के भग्नावशेष और उसी काल का कुआँ है।

गाँव के इसी छोर पर जंगल के पास बड़्डीबाई का घर और खेत है। जहाँ बड़्डीबाई अपने भरे-पूरे परिवार, मुर्गियों, भैंसों और कुत्ते समेत रहती है।

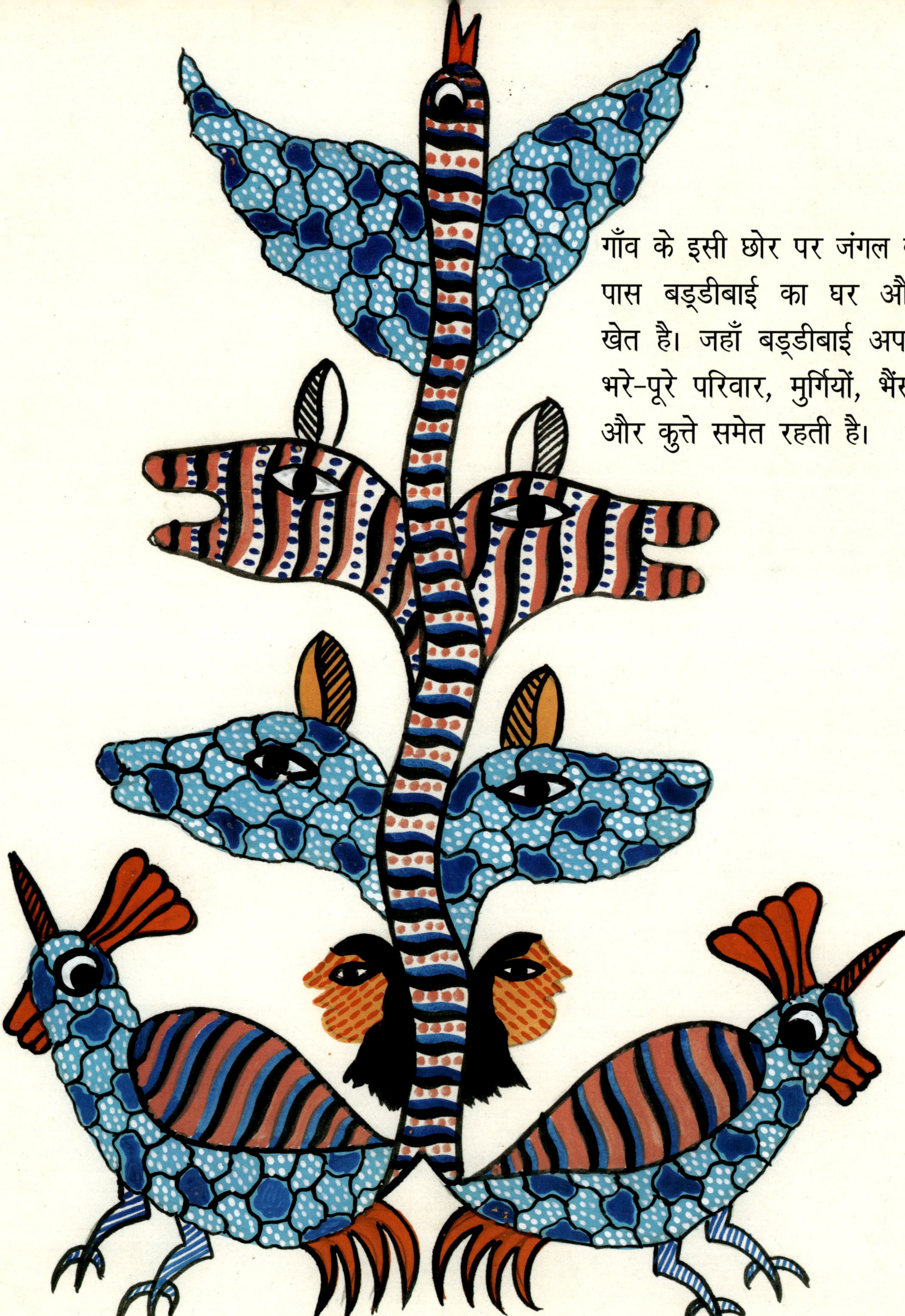

इसी गाँव में एक कौआ भी रहता है जिसे बड्डीबाई को सताना बड़ा भाता है। आज फिर कौआ कहीं से मँडराता हुआ बड्डीबाई के आँगन में लकड़ी की ऊँची बाड़ पर आकर बैठ जाता है और सिर टेढ़ा करके घर के अन्दर झाँकता है।

सामने दो कमरे हैं जिनमें से एक कमरे में बड़ा-सा चूल्हा जल रहा है। कौआ बड्डीबाई को रोटियाँ बनाते हुए देख लेता है।

काँ-काँ.... कौए को टोकरी में रखी रोटियों का ढेर दिख जाता है। बाड़ से एक ही उड़ान में वह बरामदे में पहुँच जाता है। झबरीला पिल्ला चुलबुल अभी सो रहा है। बरामदे को दबे पाँव पार कर फुदकते-फुदकते वह टोकरी के पास पहुँच जाता है।

बड़्डीबाई का मुँह चूल्हे की तरफ़ है। वह अभी भी रोटियाँ सेंक रही है। कौआ चुपके से टोकरी में से एक रोटी खींच लेता है।

जब तक बड्डीबाई दूसरी रोटी पकाकर टोकरी में डालने के लिए पलटती है तब तक कौआ झट से रोटी चोंच में दबाकर बरामदे में आ जाता है। बड्डीबाई गुस्से में हड़बड़ाते हुए उठकर कौए की ओर भागती है। इसी बीच कौआ रोटी समेत वापस ऊँची बाड़ पर अपने ठिकाने पहुँच जाता है।

अगले दिन फिर कौए की काँ-काँ सुनाई देती है। बड्डीबाई घर के भीतर से कौए की काँ-काँ सुन लेती है। सोचती है कि आज तो खाना भी बन चुका है अब इसे कुछ नहीं मिलेगा। कौआ तो जैसे बड्डीबाई की ही तलाश में था। कुछ देर तक तो वह आँगन में पड़ी चारपाई पर बैठे हुए गरदन इधर-उधर मटकाकर मुआयना करता है फिर एक छोटी उड़ान भरकर बरामदे में पहुँच जाता है।

आज बड़्डीबाई के बेटे को तेज़ बुख़ार है। वह अभी-अभी दवा लेकर बरामदे में बिछी खाट पर सोया है। खाट के नीचे दवा की शीशी रखी है। कौआ फुदकते-फुदकते खाट के पास पहुँच जाता है। वह नीचे रखी दवा की शीशी पर चोंच मार-मारकर उसे गिरा देता है। शीशी का ढक्कन ढीला था। कौआ नीचे फैली दवा को चखता है, कड़वी दवा उसे पसन्द नहीं आती। वह फिर काँ-काँ चिल्लाता है। अचानक बेटे की नींद खुल जाती है वह पलटकर नीचे देखता है। कौआ फुर्र से वापिस बाड़ पर उड़ जाता है।

बड्डीबाई भागकर आती है और देखती है कि दवा ज़मीन पर फैली हुई है और बेटे को अभी भी बुख़ार है। बड्डीबाई चिढ़कर कौए की ओर देखती है। कौआ भी बाड़ से काँ-काँ चिल्लाता है।

अगले दिन कौआ बरामदे में रखे दूध के गिलास को अपना शिकार बनाता है। गाहे-बगाहे मौक़ा मिलने पर वह आँगन में सोते हुए झबरीले पिल्ले चुलबुल को भी ठोंगे मार जाता है।

आज सुबह से बड़्डीबाई और उसकी बेटी सुनीता मिलकर पापड़ बना रहे थे। दोनों ने पापड़ बेले और उन्हें आँगन में धूप में चादर पर सूखने के लिए डाल दिया। माँ आप जाकर आराम करो मैं रखवाली कर लूँगी–सुनीता ने बड़्डीबाई से कहा। माँ अन्दर सोने चली गयी। आँगन में धूप बहुत तेज़ थी। यहीं बरामदे में थोड़ा आराम कर लेती हूँ सुनीता ने सोचा। थकी हुई सुनीता को भी जल्दी ही झपकी आ गयी।

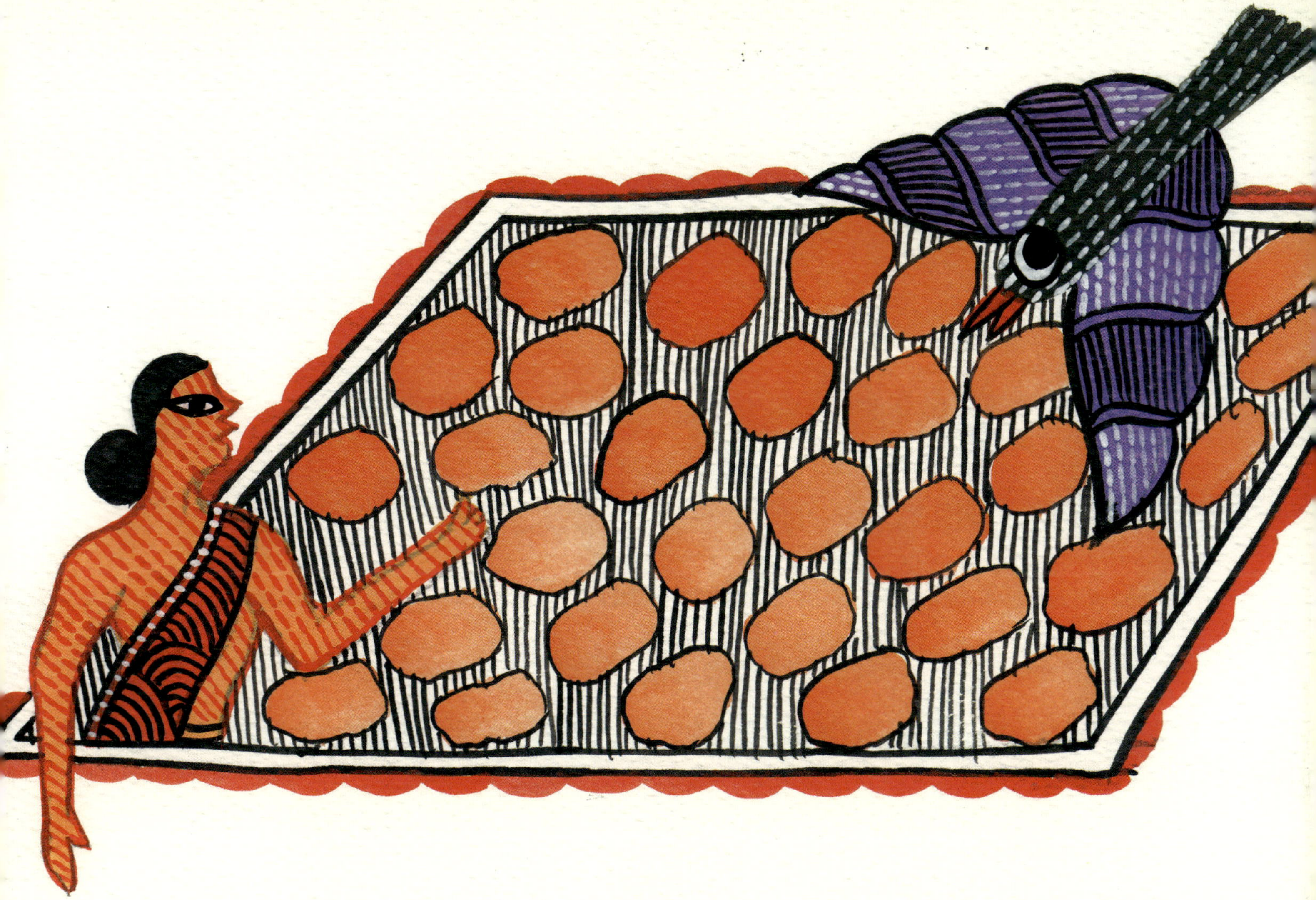

तभी कौआ आया और आकर पापड़ों पर चहलकदमी करने लगा। उसने कुछ पापड़ों को चोंच में उठाकर तितरबितर कर दिया। और पापड़ों पर एक-दो जगह बीट भी कर दी। जैसे ही सुनीता की झपकी टूटी वह शोर मचाते हुए बाहर भागी। बड़्डीबाई भी दौड़कर बाहर आयी। उफ़! अब तो इसके मारे पापड़ सुखाना भी मुसीबत है—बड़्डीबाई ने हैरान होकर सुनीता से कहा।

बड़्डीबाई के यहाँ रोज़ नियम से आना अब कौए की आदत में शुमार हो चुका है। घर की भैंस से तो जैसे उसने यारी कर ली है, अक्सर तबेले के आस-पास ही मँडराता रहता है। जंगल में जब भैंस चरने जाती तो कौआ उसके सींगों की सवारी करता और कभी-कभी तो भैंस पर बैठे-बैठे ही वापस घर तक आता।

उसकी नज़र मुर्गियों के अंडों पर भी रहती। एक दिन तो वह एक अंडा फोड़ने ही वाला था कि चुलबुल उसपर झपट पड़ा।

फिर एक बार तो सुनीता के पापा का चश्मा जो वह लेकर उड़ा तो उसे बगल वाले नीम के पेड़ पर ही टाँग आया। तब सुनीता ने ही जैसे तैसे पेड़ पर चढ़कर चश्मा उतारा गनीमत यह कि चश्मा टूटा नहीं। बड़्डीबाई कौए की इन हरकतों से परेशान थी। कई बार नींद में भी उसे काँ-काँ सुनाई देती। बड़्डीबाई को लगने लगा था कि कौआ तो किसी से डरता ही नहीं है। शायद यह अपने आप से ही डरे-बड़्डीबाई ने सुनीता से कहा।

कुछ सोचकर बड़्डीबाई ने सुनीता की मदद से पुराने काले कपड़े से कौए का एक पुतला बनाया। तार से कौए की चोंच और पंजे भी बनाये। पुतला अब हूबहू कौए जैसा था। बड़्डीबाई ने बाड़ पर एक लम्बा डंडा बाँधा फिर डंडे पर एक छोटी आड़ी डंडी बाँधी और कौए के पुतले को डंडी से पंजों के बल उल्टा टाँग दिया। अगले दिन कौआ कहीं दूर से उड़कर आया काँ-काँ करने के लिए। उसने अभी चोंच खोली ही थी कि, उसने एक कौए को बाड़ पर टँगा हुआ देखा। गरदन टेढ़ी करके कौए ने उसे ध्यान से देखा। वह फ़ौरन बाड़ से उड़ा और पास के पेड़ पर जाकर बैठ गया। हवा में लटका कौआ ज़ोर-ज़ोर से झूल रहा था। कौए की आँगन में पैर रखने की हिम्मत नहीं हुई। क्या पता उसका हश्र भी इसी कौए जैसा हो।

अब भी कौआ कई बार बड़्डीबाई के घर आता है। बाड़ पर बैठकर गरदन टेढ़ी करके लटकते कौए को देखता है और उल्टे पाँव वापिस लौट जाता है।